LEABHAIR EILE SA TSRAITH **SOS**

Deirdre agus an Fear Bréige

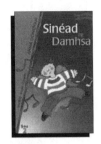
Sinéad Damhsa

Cáitín sa Chistin

Daifní Dineasár

Sailí na Spotaí

Fiacla Mhamó

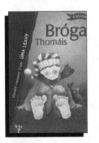
Bróga Thomáis

Drochlá Gruaige

An tUan Beag Dubh

Lámhainní Glasa

Mo Mhadra Beoga

An Buachaill Bó

An Rún Mór

Cá Bhfuil Murchú?

Scuab Fiacal Danny

Tá 35 leabhar foilsithe ag Áine Ní Ghlinn agus í ina *Laureate na nÓg* don tréimhse 2020-2023.

I measc na nduaiseanna atá buaite aici, tá Gradam Reics Carló Leabhar na Bliana (2014, 2016, 2019 do na húrscéalta *Daideo, Hata Zú Mhamó & Boscadán*), Gradam Ficsin, Leabhair Pháistí Éireann & Gradam Leabhar na Bliana, Cumann Litearthachta na hÉireann (*Daideo*, 2015) chomh maith le go leor duaiseanna Oireachtais.

Áine Ní Ghlinn has published 35 books, and has won many prizes. She is Ireland's Laureate na nÓg 2020-2023.

Moncaí Dána

ÁINE NÍ GHLINN

• léaráidí: Aileen Caffrey •

THE O'BRIEN PRESS
DUBLIN

An chéad chló 2002 ag The O'Brien Press Ltd,
12 Bóthar Thír an Iúir Thoir, Ráth Garbh, Baile Átha Cliath 6, D06 HD27, Éire.
Fón: +353 1 4923333; Facs: +353 1 4922777
Ríomhphost: books@obrien.ie; Suíomh gréasáin: www.obrien.ie
Is ball de Publishing Ireland é The O'Brien Press.
Athchló 2004, 2007, 2012, 2016, 2017, 2021 (trí huaire).

ISBN: 978-0-86278-790-5

9 10 11
21 23 25 24 22

Faigheann The O'Brien Press cabhair
ó Bhord na Leabhar Gaeilge.

Eagarthóir: Daire Mac Pháidín
Dearadh leabhair: The O'Brien Press
Clódóireacht: Sprint Print

Foilsithe i mBaile Átha Cliath:

DUBLIN

UNESCO
City of Literature

Fuair *Moncaí Dána* tacaíocht ón gComhairle Ealaíon.

'Ar thaitin an zú leat?'

arsa Mamaí.

'Ú, ú, ú,' arsa Colm.

Rinne sé é féin a thochas.

Rinne Mamaí gáire.

'Mo mhoncaí beag!' ar sise.

Thosaigh Mamaí ag léamh
an nuachtáin.

Bhí Colm ag féachaint
amach an fhuinneog.

Go tobann, léim sé suas.

Sheas sé ar an suíochán.

'Ú, ú, ú,' ar seisean.

'Suigh síos anois, a chroí,'

arsa Mamaí.

Níor shuigh Colm síos.

Rinne sé é féin a thochas.

Bhí bean ina suí

taobh thiar den bheirt acu.

Bhí hata mór uirthi.

Bhí bláthanna ar an hata.

Shín Colm lámh thar an suíochán.
Sciob sé bláth.

'Mo hata! Mo hata!' arsa an bhean.

'Tá brón orm,' arsa Mamaí.
'Íocfaidh mé as an hata.'

Bhí an bhean crosta.

Bhí Mamaí crosta freisin.

'Suigh síos, a Choilm,'

arsa Mamaí.

Níor shuigh Colm síos.

'SUIGH SÍOS, A CHOILM!'

arsa Mamaí arís.

Rug Colm ar an ráille.

Thosaigh sé ag luascadh.

'Ú, ú, ú,' ar seisean.

Bhí an tiománaí crosta.

Stop sé an bus.

'Beir ar an moncaí dána sin!'
ar seisean.

Bhí na paisinéirí crosta freisin.

Bhí Colm á thochas féin.

Níor thug sé aon aird orthu.

'Ú, ú, ú,' ar seisean.

Bhí fear ina shuí
ar chúl an bhus.
Thóg sé banana
amach as a mhála.
'Ar mhaith leat banana?'
ar seisean le Colm.

Rug Colm ar an mbanana.

Rug Mamaí ar Cholm.

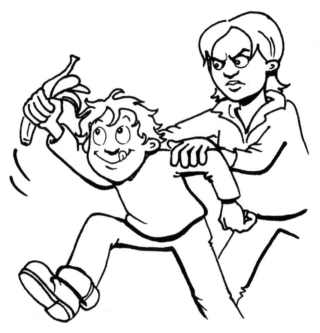

'Íumm, íumm, íumm,'
arsa Colm.

Sa deireadh shroich siad baile.

Bhí Daidí sa bhaile rompu.

'An raibh lá maith agaibh?'

ar seisean.

'Ú, ú, ú!' arsa Colm.

'Cén cluiche é seo?' arsa Daidí.

'Déan cupán tae dom,'
arsa Mamaí.
'Míneoidh mé
an scéal ar fad duit.'

'Maith go leor,' arsa Daidí.
'Agus céard a bheidh agatsa,
a Choilm?'

Ní dúirt Colm tada.

Léim sé in airde ar an mbord.

Thóg sé banana

as an mbabhla torthaí.

Thosaigh sé á ithe.

'Íumm, íumm, íumm,' ar seisean.

Amach le Colm sa ghairdín.

Suas leis ar an bhfráma
dreapadóireachta.

Thosaigh sé ag luascadh
anonn is anall.

'Féach ar an moncaí sin,'

arsa Mamaí.

'Céard a dhéanfaimid anois!'

'Ná bí buartha,' arsa Daidí.

'Níl sé ach ag spraoi.'

Tháinig Colm isteach arís ar ball.

'An bhfuil ocras ort, a stór?'

arsa Mamaí.

Léim Colm in airde ar chathaoir.

D'ith sé banana eile.

Chuir sé an craiceann ar a cheann.

Thosaigh sé ag léim.

Rinne sé é féin a thochas.

'Ú, ú, ú,' ar seisean.

'Íumm, íumm, íumm.'

Chuir Mamaí pus uirthi féin.

Thosaigh Daidí ag gáire.

'Moncaí dána!' arsa Daidí.

An lá ina dhiaidh sin
d'éirigh Colm go luath.
Bhí trí bhanana
aige don bhricfeasta.

Rinne sé rince ar an gcathaoir.

D'ith sé cúig bhanana ag am lóin.

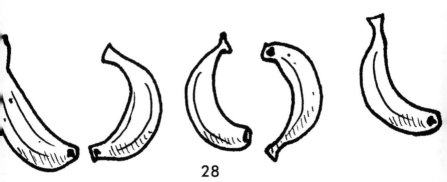

Chuaigh sé amach
sa ghairdín ansin.
Thosaigh sé ag dreapadh
agus ag luascadh.

D'ith sé **aon bhanana
dhéag** don dinnéar.

An lá ina dhiaidh sin arís
d'ith Colm **fiche banana**.
Níor ith sé rud ar bith eile!

'Beidh sé tinn,' arsa Daidí.

'Agus amárach a bhreithlá.

Caithfimid rud éigin a dhéanamh.'

'Hmmmm ...' arsa Mamaí.

'Beidh an chóisir ar siúl ag a trí.

Fág fúmsa é.'

An oíche sin,

thosaigh Mamaí ag gáire.

'Tá plean agam,'

ar sise le Daidí.

D'éirigh Mamaí agus Daidí
go luath ar maidin.
D'éirigh Colm go luath freisin.

'La breithe sona duit, a mhoncaí!'
arsa Mamaí agus Daidí.
Thug siad beart mór dó.

D'oscail Colm an beart.

Bosca mór bananaí a bhí ann.

'Ú, ú, ú,' arsa Colm.

Thosaigh sé ag ithe.

'Amach leat ag spraoi anois,
a mhoncaí,' arsa Daidí.
'Tá obair le déanamh againn
don chóisir.'

Thosaigh Mamaí agus Daidí
ag obair go dian.

Rinne siad cáca mór banana.

Chuir siad reoán banana air.

Mhaisigh siad le bananaí é.

Rinne siad ceapairí banana.

Rinne siad creatháin
bhainne banana.

Rinne siad milseog bhanana.

Mhaisigh siad í le huachtar
reoite banana.

Rinne siad borróga banana.

Rinne siad brioscaí.

Mhaisigh siad iad le
sliseanna banana.

'Tá mé tuirseach de bhananaí,'
arsa Daidí.

'An bhfuil tú cinnte go n-éireoidh
leis an bplean seo?'

'Táim lánchinnte!' arsa Mamaí.

'Beidh sé **tinn tuirseach**

de bhananaí sar i bhfad!'

'Beidh a chairde tinn tuirseach
díobh freisin,' arsa Daidí.

'Beidh, cinnte!' arsa Mamaí,
agus í ag gáire.

Tháinig na cairde go léir
ag a trí a chlog.

Bhí an-spórt ar fad acu.
D'eagraigh Mamaí agus Daidí
tóraíocht taisce.
Bhí bananaí i bhfolach acu
ar fud an ghairdín.

Ansin d'imir siad *Rince na nDealbh*.

Thug Mamaí banana

don bhuaiteoir.

'Ní fada go mbeidh siad
tinn tuirseach de bhananaí,'
arsa Mamaí.

Ina dhiaidh sin d'imir siad
Cathaoireacha Ceoil.

Thug Mamaí banana
don bhuaiteoir.

'Tá an bia réidh!' arsa Daidí.
'Isteach libh sa seomra bia.'
Chruinnigh na páistí go léir
thart timpeall ar an mbord.

D'ith Colm ceapaire banana.

'Ú, ú, ú!' ar seisean.

D'ith na páistí eile na ceapairí freisin.

'Ú, ú, ú!' arsa Aonghus agus Dónal.

Ansin thosaigh siad

ag caitheamh ceapairí lena chéile.

D'ól na páistí

na creatháin bhainne banana.

'Ú, ú, ú!' arsa Niamh agus Seán.

D'ith na páistí
na borróga banana.
'Ú, ú, ú,' arsa Orlaith.
Chaith sí borróg san aer.
D'oscail sí a béal.
Thit an bhorróg isteach ann.

Ansin thosaigh Niamh ag rince
ar an mbord.

'Ú, ú, ú,' arsa gach éinne.
Rinne siad bualadh bos.

D'ith siad an mhilseog bhanana.

Thosaigh Conall á thochas féin.

'Ú, ú, ú!' ar seisean.

Thosaigh na páistí go léir
ag léim, ag tochas agus
ag screadaíl:
'**Ú, ú, ú, ú, ú, ú, ú, ú, ú**.'

D'fhéach Mamaí orthu.

'Ó, a thiarcais,' ar sise.

'Ná bí buartha,' arsa Daidí.

'Níl siad ach ag spraoi.'

'Tá súil agam é,' arsa Mamaí.

'B'fhéidir go bhfaighidh mé
an cáca anois.'

Las sí na coinnle.

Seacht gcinn a bhí ann.

'*Lá breithe sona duit ... '* ar sise.

'**Ú-ú-ú-ú-ú-ú**!' arsa na páistí.

Bhí Mamaí trína chéile.

Bhí a plean scriosta.

Bhí an bia ite.

Bhí an bord smeadráilte.

Bhí na páistí
imithe i bhfiáin.

D'imigh na moncaithe beaga
amach sa ghairdín.

Thosaigh Mamaí agus Daidí
ag glanadh an bhoird.
'Ar mhaith leat ceapaire?'
arsa Daidí.

'Níor mhaith!' arsa Mamaí.

'Is fuath liom bananaí!

Ní íosfaidh mé banana

go deo arís!'

'Táimse stiúgtha leis an ocras!'

arsa Daidí.

Shuigh Daidí síos.

D'ith sé cúpla ceapaire.

D'ith sé trí bhorróg.

D'ól sé creathán bainne.

D'ith sé slis mhór den cháca.

Bhí Mamaí ag breathnú
amach an fhuinneog.
'Ó, a thiarcais!' ar sise.
'Féach orthu anois.'

Bhí Síle agus Niamh
ag luascadh ón gcrann úll.

Bhí Seán agus Aisling ar an
bhfráma dreapadóireachta.

Bhí Niall agus Fionnán
ag rince ar an mballa.

'Céard a dhéanfaimid?'
arsa Mamaí.

Ní dúirt Daidí tada.

'Beidh na tuismitheoirí anseo
nóiméad ar bith!' arsa Mamaí.
'Conas is féidir linn é seo
a mhíniú dóibh?'

Chuir Mamaí pus uirthi féin.

'Féach orthu!' ar sise.

'Conas is féidir leatsa suí ansin

agus an gairdín ina zú?'

Ní dúirt Daidí tada.

D'fhéach Mamaí air.

**Rinne Daidí é féin
a thochas!**

'Ú, ú, ú,' ar seisean.